Jill und der Bohnenstengel

Jill and the Beanstalk

by Manju Gregory

illustrated by David Anstey

German translation by Ingeborg Daoud

Mantra Lingua

Jack kletterte auf einen Hügel mit seiner Schwester Jill.
Jack fiel herunter und jetzt ist er krank.
Es gibt nichts zu essen, sie sind ganz traurig -
Oh hätte doch nur der Riese ihren Vater nicht verschluckt!

Jack climbed a hill with his sister Jill.
Jack fell down and now he's ill.
There's nothing to eat, they're feeling sad,
If only the Giant hadn't swallowed their dad.

Mutter fragte Jill: „Glaubst du, du könntest irgendwie Geld auftreiben, indem du unsere Kuh verkaufst?"

Mum asked Jill, "Do you think somehow You could raise money selling our cow?"

Jill war kaum eine Meile unterwegs, da traf sie einen Mann an einem Zaunübertritt.
„Ich tausch' dir diese Bohnen gegen deine Kuh."
„Bohnen!" schrie Jill. „Bist du noch bei Trost?"
Der Mann erklärte: „Das sind Zauberbohnen.
Die bringen dir Geschenke, wie du sie noch nie gesehen hast."

Jill had barely walked a mile when she met a man beside a stile.
"Swap you these beans for that cow," he said.
"Beans!" cried Jill. "Are you off your head?"
The man explained, "These are magic beans. They bring you gifts you've never seen."

Jill brachte die Bohnen nach Hause,
um sie ihrer Mutter zu zeigen, doch die schrie laut:
„Hätte ich doch nur meinen Sohn ausgeschickt!"
Sie warf Jill die Bohnen vor die Füsse
und schickte sie ohne Essen ins Bett.

Jill took them home to show her mum
Who cried out loud, "I should have sent my son!"
She threw the beans down at Jill's feet
And sent her to bed with nothing to eat.

Früh ins Bett, früh wieder auf den Beinen... Und so erwachte Jill
In der Morgendämmerung mit einer riesigen Überraschung:
Ein Bohnenstengel war bis zum Himmel gewachsen.
Sie schnappte sich den Stiel, hielt sich an den Blättern fest
und kletterte die Riesenpflanze hoch, die im Wind hin und her schwankte.

Early to bed, early to rise,
Jill woke up at dawn with a mighty surprise.
A beanstalk had grown right up to the skies.
Catching hold of the stalk, clinging fast to the leaves,
She climbed the great plant as it swayed in the breeze.

Jill hörte einen Ruf. Es war ihre Mutter!
„Komm' sofort 'runter und kümmere dich um deinen Bruder!"
Aber Jill kletterte weiter, sie hielt nicht an,
den ganzen Weg hinauf, bis sie ganz oben war.

Jill heard a shout, it was her mother!
"Come down at once, look after your brother!"
But Jill just kept on climbing, she didn't stop,
All the way upwards, right to the top.

Sie sprang von dem Bohnenstengel herunter und hörte lautes Weinen.
Ein kleines Mädchen jammerte: „Oh, wo sind denn nur meine Schafe?
Sie sind weggelaufen, als ich schlief."
„Wo bin ich?" fragte Jill.

She leapt off the beanstalk, and heard a loud weep.
A little girl cried, "Oh, where are my sheep?
They've wandered away while I was asleep."
"Where am I?" asked Jill.

„Du bist in dem Land, in dem der Riese wohnt.
Bist du gekommen, um dich zu rächen oder um zu vergeben?
Mit einem Schwung meines Hirtenstabes wähle jetzt dein Schicksal:
Zurück, den Bohnenstengel 'runter oder bis zum Tor des Riesen?"

"You're in the land where the Giant lives.
Did you come to avenge or come to forgive?
With a wave of my crook now choose your fate,
Back down the beanstalk or onto the Giant's Gate?"

Jill stand vor dem Haus des Riesen und fühlte sich
ganz klein und ängstlich, wie ein zitterndes Mäuschen.
Eine seltsame alte Frau stand in der Nähe
und wischte Spinnweben vom Himmel.
„Warum bist du hier, kleines Mädchen?
Warum, oh warum nur?"

Jill stood in front of the Giant's house
Feeling tiny and scared like a quivering mouse.
A strange old woman was standing by,
Brushing cobwebs out of the sky.
"Little girl, why are you here? Why, oh why?"

Als sie sprach, fing der Boden an zu wackeln, mit einem ohrenbetäubenden Geräusch
wie ein mächtiges Erdbeben.
Die Frau sagte: „Schnell, lauf' rein. Es gibt nur eine Stelle, wo du dich verstecken kannst - im Ofen!
Atme ganz leise und keinen Seufzer bitte, bleib mäuschenstill, wenn du am Leben bleiben willst."

As she spoke the ground began to shake, with a deafening sound like a mighty earthquake.
The woman said, "Quick run inside. There's only one place…in the oven you'll hide!
Take barely one breath, don't utter a sigh, stay silent as snow, if you don't want to die."

Jill kauerte sich in den Ofen. Was hatte sie nur getan? Wie wünschte sie sich jetzt, zu Hause bei ihrer Mutter zu sein. Der Riese sagte: „Fee, fi, fau, fut, ich rieche Menschenblut."
„Aber Mann, du riechst doch nur die Vögel, die ich in der Pastete gebacken habe. Alle vierundzwanzig sind aus dem Himmel gefallen."

Jill crouched in the oven. What had she done? How she wished she were home with her mum.
The Giant spoke, "Fee, fi, faw, fum. I smell the blood of an earthly man."
"Husband, you smell only the birds I baked in a pie. All four and twenty dropped out of the sky."

Der Riese aber brummte:
„Ich habe keine Lust, deine Delikatessen auch nur zu probieren.
Frau, ich brauche 'was richtiges zu essen. Geh' in die Küche und hole mir Fleisch!"
Durch eine Ritze in der Ofentür beobachtete Jill, wie der Riese ein ganzes Wildschwein verschlang.

The Giant bawled, "I have no wish to even try your dainty dish.
Wife, I need to eat. Go to the kitchen and fetch me my meat!"
From a gap in the oven door, Jill watched the Giant devour a wild boar.

Der Riese lehnte sich zurück und war's immer noch nicht zufrieden.
Er brüllte: „Bring mir meine Gans, aber ein bisschen flott."
Er sagte: „Gans liefere" und schloss seine Augen.
Zu Jill's grosser Überraschung legte die Gans ein glänzend goldenes Ei.
Der Riese hatte eine Menge Spass,
als er seine massivgoldenen Eier eines nach dem anderen zählte.
Dann schlief der Riese ein und fing an zu schnarchen.
Das hörte sich an wie das Gebrüll eines mächtigen Löwen!

The Giant sat back, he wasn't happy.
He bellowed: "Get me my goose,
and make it snappy."
Saying: "Goose deliver," he closed his eyes.
It lay a bright golden egg,
much to Jill's surprise.
The Giant had a lot of fun,
Counting solid gold eggs one by one.
Then he fell asleep and started to snore
Sounding just like a mighty lion's roar!

Jill wusste, dass sie nur entkommen konnte, während der Riese schlief.
Sie kam vorsichtig aus dem Ofen gekrochen.
Dann erinnerte sie sich, was ihr Freund Tom getan hatte.
Der hatte ein Schwein gestohlen und war damit weggelaufen.
Sie packte also die Gans und lief und lief.
„Ich muss den Bohnenstengel erreichen so schnell ich nur kann."

Jill knew she could escape while the Giant slept.
So carefully out of the oven she crept.
Then she remembered what her friend, Tom, had done.
Stole a pig and away he'd run.
Grabbing the goose, she ran and ran.
"I must get to that beanstalk as fast as I can."

Sie rutschte den Stengel hinunter und rief: „Ich bin zurück!"
Und aus dem Haus kamen ihre Mutter und Jack gerannt.

She slid down the stalk shouting, "I'm back!"
And out of the house came mother and Jack.

„Wir sind schier umgekommen vor Sorge, dein Bruder und ich.
Wie konntest du nur den Riesenstengel bis zum Himmel hochklettern?"
„Aber Mutter," sagte Jill, "mir ist gar nichts schlimmes passiert.
Und sieh' nur, was ich hier unter meinem Arm habe."
„Gans liefere," wiederholte Jill die Worte des Riesen. Und die Gans legte sofort ein glänzend goldenes Ei.

"We've been worried sick, your brother and I. How could you climb that great stalk to the sky?"
"But Mum," Jill said, "I came to no harm. And look what I have under my arm."
"Goose deliver," Jill repeated the words that the Giant had said,
And the goose instantly laid a bright golden egg.

Jill's Besuch in der Behausung des Riesen ersparte ihrer Familie fortan Hunger und Not.

Jill's visit to the Giant's lair kept her family from hunger and despair.

Jack war jedoch eifersüchtig auf seine Schwester Jill.
Er wünschte, er wäre auf den Bohnenstengel geklettert statt auf den Hügel.
Jack gab sehr an und sagte oft,
wenn er den Riesen getroffen hätte, dann hätte er ihm den Kopf abgeschlagen.

Jack couldn't help feeling envious of his sister Jill.
He wished he'd climbed a beanstalk instead of a hill.
Jack boasted a lot and often said
If he'd met the Giant he would've chopped off his head.

Die Mutter hatte die beiden zwar gewarnt, nicht mehr
auf den Stengel zu klettern, aber Jill hatte die Nase voll
von Jack's dummem Geschwätz.
Eines Tages, in einer tollen Verkleidung, kletterte Jill den
Bohnenstengel wieder hinauf und erreichte den Himmel.

Their mother had warned them not to climb that stalk
But Jill was fed up with Jack's idle talk.
One day, in clever disguise, Jill climbed up the beanstalk
And reached the skies.

Die alte Frau sass in der Nähe des Tors und sah traurig
Der böse Riese hatte sie sehr, sehr schlecht behandelt.
Er wurde von Tag zu Tag grausamer,
seit man seine Gans gestohlen hatte.

The old woman sat by the gate looking sad,
The evil Giant treated her bad, very bad.
He'd become more gruesome by the day,
Since his goose had been stolen away.

Die Frau des Riesen erkannte Jill nicht,
aber sie hörte donnernde Schritte, die den Hügel herunterkamen.
„Der Riese!" rief sie. „Wenn er jetzt dein Blut riecht, bringt er dich bestimmt um!"

The Giant's wife didn't recognise Jill,
But she heard the sound of thundering footsteps coming down the hill.
"The Giant!" she cried. "If he smells your blood now, he's sure to kill."

„Hickory, dickory dur!
Lauf schnell, versteck' dich
in der Uhr!" rief die alte Frau.

"Hickory dickory dock,
Quick, go hide in the clock!"

„Fee, fi, fau, fut, ich rieche Menschenblut. Egal, ob er lebendig oder tot ist,
ich schlage ihm den Kopf ab," sagte der Riese.
„Du riechst nur meinen frisch gebackenen Kuchen.
Das Rezept habe ich mir bei der Herzkönigin ausgeliehen."
„Ich bin ein Riese Frau, ich muss 'was richtiges essen.
Geh in die Küche und hol' mir Fleisch."

"Fe fi faw fum, I smell the blood of an earthly man.
Let him be alive or let him be dead, I'll chop off his head," the Giant said.
"You smell only my freshly baked tarts, I borrowed a recipe from the Queen of Hearts."
"I'm a Giant, wife, I need to eat. Go to the kitchen and get me my meat."

Wie zuvor, verschlang der Riese ein wildes Tier.
Es verging eine ganze Stunde, dann verlangte er nach mehr.
Seine Frau brachte eine Harfe herein, ein wunderschönes Instrument
aus purem Gold, mit hundert Saiten.
Der Riese brüllte „Spiele." Er langweilte sich sehr.
Die Harfe spielte sofort, ganz von allein.

The Giant gorged on beast as before.
One full hour passed by, then he called for more.
His wife brought in a harp, the most magnificent of things,
Made out of pure gold with a hundred strings.
The Giant yelled: "Play," he was feeling bored.
The harp instantly played of its own accord.

Sie spielte ein Schlaflied, so sanft und so süss, dass der schwerfällige Riese bald fest schlief.
Jill wollte die Harfe besitzen, die von allein spielten konnte. Sie wollte sie so sehr!
Sie kletterte nervös aus der Uhr und schnappte sich die goldene Harfe von dem schlafenden Riesen.

A lullaby so calm and sweet, the lumbering Giant fell fast asleep.
Jill wanted the harp that played without touch. She wanted it so very much!
Out of the clock she nervously crept, and grabbed the harp of gold whilst the Giant slept.

Jill rannte in Richtung Bohnenstengel und stolperte über einen Hund, der immer im Kreis rannte.
Als die Harfe „Herr, Herr" schrie, erwachte der Riese, sprang auf und lief hinterher.
Jill wusste, sie musste nun ganz ganz schnell laufen.

To the beanstalk Jill was bound, tripping over a dog, running round and round.
When the harp cried out: "MASTER! MASTER!" The Giant awoke, got up and ran after.
Jill knew she would have to run faster and faster.

Der Riese brüllte: „Du glaubst wohl, dass du schnell rennen kannst!
Denk' daran, was mit Tom, dem Sohn des Dudelsackpfeifers, passiert ist!"
Jill rannte und rannte und hielt die Harfe ganz fest.
„Ich muss den Bohnenstengel erreichen, so schnell ich nur kann."

Sie glitt den Stengel hinunter, und die Harfe schrie: „Herr!"
Der grosse hässliche Riese kam donnernd hinterher.
Da packte Jill die Axt, mit der sie sonst Holz hackten,
und sie hackte den Bohnenstengel ab so schnell sie konnte.

She slid down the stalk, the harp cried: "MASTER!"
The great ugly Giant came thundering after.
Jill grabbed the axe for cutting wood
And hacked down the beanstalk as fast as she could.

Jeder Schritt des Riesen brachte den Bohnenstengel zum Ächzen. Jill hackte weiter mit ihrer Axt.
Der Riese strauchelte und stürzte krachend in die Tiefe.
Jack, Jill und ihre Mutter beobachteten sprachlos, wie der Riese einschlug, zehn Fuss unter der Erde.

Each Giant's step caused the stalk to rumble. Jill's hack of the axe caused the Giant to tumble.
Down down the Giant plunged!
Jack, Jill and Mum watched in wonder, as the giant CRASHED, ten feet under.

Jack, Jill und ihre Mutter verbringen nun ihre Tage
mit dem Singen von Liedern und Reimen, die die goldene Harfe spielt.

Jack, Jill and their mother now spend their days,
Singing songs and rhymes that the golden harp plays.

British Library Cataloguing-in-Publication Data:
a catalogue record for this book is available
from the British Library.

First published 2004 by Mantra
Global House, 303 Ballards Lane, London N12 8NP, UK
www.mantralingua.com